¡VES AL REVÉS!

FONDO
DE CULTURA
ECONÓMICA

¡VES AL REVÉS!

Jeanne Willis
ilustraciones de Tony Ross

TRADUCCIÓN DE
Gabriel Martínez Jiménez

LOS PRIMERÍSIMOS

Primera edición en inglés: 2006
Primera edición en español: 2008

Willis, Jeanne
    ¡Ves al revés! / Jeanne Willis ; ilus. de Tony
Ross ; trad. de Gabriel Martínez Jiménez. — México : FCE, 2008
    [32] p. : ilus. ; 22 × 17 cm – (Los Primerísimos)
    Título original Daft Bat
    ISBN 978-968-16-8534-8

    1. Literatura Infantil I. Ross, Tony, il. II. Martínez Jiménez,
Gabriel, tr. III. Ser. IV. t.

LC PZ7   Dewey 808.068 W196s

Distribución en América

Comentarios y sugerencias:
librosparaninos@fondodeculturaeconomica.com
www.fondodeculturaeconomica.com
Tel. (55)5449-1871. Fax (55)5449-1873

▓▓ Empresa certificada ISO 9001:2000

Colección dirigida por Miriam Martínez
Editor: Carlos Tejada
Diseño gráfico: Gabriela Martínez Nava
Traducción: Gabriel Martínez Jiménez

Título original: *Daft Bat*

© 2006 Jeanne Willis, texto
© 2006 Tony Ross, ilustraciones
Jeanne Willis y Tony Ross afirman el derecho moral de identificarse como
la autora y el ilustrador de esta obra de acuerdo al Acta de Derechos
de Reproducción, Diseño y Patentes de 1988.
Publicado originalmente en Gran Bretaña por Andersen Press, Ltd., en 2006.

D. R. © 2008, Fondo de Cultura Económica
Carretera Picacho Ajusco 227
Bosques del Pedregal
C. P. 14738, México, D. F.

ISBN 978-968-16-8534-8

Impreso en México • *Printed in Mexico*

Se terminó de imprimir en
Impresora y Encuadernadora Progreso, S. A. de C. V. (IEPSA),
calzada San Lorenzo 244, C. P. 09830, México, D. F.,
en febrero de 2008.

El tiraje fue de 7000 ejemplares

Para Janice Thompson.
Gracias por todo, Búho Sabio

J. W.

Había una vez una señora murciélago que entendía todo al revés.

Por lo menos eso pensaban los pequeños animales de la selva.

Todo comenzó cuando llegó doña Murciélago.

Búho Sabio quería darle un regalo de bienvenida
y pidió a los animales que averiguaran qué le gustaría.

—Me gustaría una sombrilla para mantener mis pies secos —dijo doña Murciélago.

—¡Las sombrillas son para mantener la *cabeza* seca, no los pies! —susurró Bebé Elefante—. ¡Qué murciélago tan boba!

—Cualquiera tiene errores —dijo Chico Cabra.

Y sin pensarlo más le regalaron una elegante sombrilla nueva.

Entonces doña Murciélago dijo otra cosa muy rara.

—Estoy muy contenta de tener una sombrilla: allá abajo en el cielo hay un enorme nubarrón.

Pequeña Jirafa reía en voz baja.
—Doña Murciélago ve al revés, el cielo está *arriba* y no abajo.

Pero doña Murciélago dijo otra cosa graciosa.

—Si llueve muy fuerte, el río crecerá y mis orejas se mojarán.

—¡Pero si el río crece se mojarán nuestros *pies*, no nuestras orejas! —gruñó Cachorro León.

—Usaría un sombrero para la lluvia, pero se me caería al pasto que está allá arriba —agregó doña Murciélago.

—Pero el pasto no está arriba, está *abajo* —murmuró
Joven Rinoceronte—. ¡Qué murciélago más boba!

Para entonces, todos los pequeños animales de
la selva pensaban que doña Murciélago estaba
completamente chiflada.

Y corrieron a consultar a Búho Sabio.

—Doña Murciélago está zafada, dice puras
tonterías —dijo Bebé Elefante.
—Puede ser peligrosa —dijo Cachorro León.
—¡Auxilio! —dijo Chico Cabra.

—¿Por qué creen que doña Murciélago está loca? —ululó Búho Sabio.

—Es que ve las cosas distinto a nosotros —dijo Joven Rinoceronte.
—Muy distinto —dijo Pequeña Jirafa.

Búho se quedó pensativo. Luego dijo:
—Voy a hacerle a doña Murciélago unas sencillas
preguntas y después decidiré si necesita que le revisen
la cabeza.

Entonces todos fueron a visitar a doña Murciélago.
Búho le preguntó si le molestaba que le hiciera
algunas preguntas.
—Para nada —dijo ella.

—Primera pregunta —dijo Búho—. ¿Cómo es un árbol?

—Eso es fácil —dijo doña Murciélago—, un árbol tiene el tronco arriba y las hojas abajo.

—¿Ves, Búho?, doña Murciélago está zafada —dijo riéndose Pequeña Jirafa—. Un árbol tiene el tronco *abajo* y las hojas *arriba*. ¡Hasta una jirafa sabe eso!

—Segunda pregunta —dijo Búho—. ¿Cómo es una montaña?

—Eso es más fácil —dijo doña Murciélago—. Una montaña tiene una parte aplanada arriba y una parte puntiaguda colgando hacia abajo.

—La parte puntiaguda apunta hacia *arriba* —dijo Chico Cabra—. Yo soy una cabra de montaña, lo sé muy bien.
—¡Doña Murciélago está loca! —gritaron todos—, ¡llamen al doctor!

—Última pregunta —dijo Búho—; pero quiero que la respondan todos menos doña Murciélago.

—Está bien —respondieron los pequeños animales de la selva—. ¿Cuál es la pregunta?

—Pregunta número tres —dijo entonces Búho Sabio—: ¿alguna vez han tratado de ver las cosas desde el punto de vista *de doña Murciélago?*

Entonces hizo que todos se colgaran de una rama, como ella.

Doña Murciélago tenía razón —dijo Chico Cabra—. La parte puntiaguda de la montaña cuelga hacia abajo.

—Y el árbol tiene el tronco arriba y las hojas abajo —dijo Pequeña Jirafa.

—¡Miren! ¡El pasto está *sobre* nuestras cabezas!
—dijo Joven Rinoceronte—. Y el cielo... ¡no!

Justo entonces comenzó a llover. Y llovió y llovió y siguió lloviendo.

—¿Me puedo bajar ya, Búho? —dijo Cachorro León—. El río está creciendo y mis orejas se están mojando.

—Así mis pies se empapan —dijo Bebé Elefante.

Entonces doña Murciélago les prestó su nueva sombrilla para que se mantuvieran secos.

—Gracias, doña Murciélago —le dijo Bebé Elefante—, perdón por decir que estaba loca.
—Todos lo sentimos —dijeron los pequeños animales de la selva.

—Por favor, ¡no sean bobos! —dijo sonriente doña
Murciélago.